LAURENT TAILHADE

CONFÉRENCE

SUR

L'Œuvre d'Émile ZOLA

FAITE A L'UNIVERSITÉ POPULAIRE
DE TOURS

LE 30 NOVEMBRE 1902

PRIX : 15 CENTIMES

TOURS

32, rue Étienne-Marcel, 32

1902

L'Œuvre d'Émile ZOLA

CONFÉRENCE FAITE A L'UNIVERSITÉ POPULAIRE DE TOURS
LE 30 NOVEMBRE 1902
PAR LE CAMARADE LAURENT TAILHADE

MESDAMES, CAMARADES,

Le 30 mai 1778, un événement tragique, plus dou-
loureux à l'humanité pensante que les guerres et les
massacres, un deuil universel, qui fit que chacun se
put croire atteint dans le meilleur de soi-même, éclata
sur Paris : Voltaire, âgé de 85 ans, venait de s'endormir
dans la gloire et dans la mort. « Se peut-il que meure
un tel homme ! s'écriait Diderot, que le destin commun
ramène à sa loi barbare le prophète de la raison, le
juste, éducateur de l'humanité ! »

Ce cri de Diderot, nous l'avons tous senti monter
en nous quand la perte de Zola vint secouer nos poi-
trines et fit planer sur nos têtes sa foudroyante horreur.
Quoi ! parce qu'un valet négligent, un architecte mal-
avisé ont omis d'aérer cette chambre, où le premier
froid d'automne ramenait le ponctuel écrivain, parce
que le feu ne brûlait pas dans une cheminée, il faut
que la grande voix se taise qui, depuis cinq ans, nous
enseigna le devoir d'être justes et l'honneur d'être
bons !

Les heures s'envolent, mais l'épouvantable, le banal
émoi subsiste ; nous pleurons encore le Maître qui ne
vit plus que dans le souvenir et l'immortalité.

C'est afin de prôner sa commémoration que votre
Université Populaire m'a fait l'honneur de solliciter
aujourd'hui ma parole ; c'est pour attester, malgré le
deuil irréparable, cet immense espoir que Zola fit naître
dans nos cœurs et que le trépas lui-même ne saurait
amortir ! Votre noble Touraine, ce pays hospitalier où
la douceur du langage s'harmonise aux grâces du cli-
mat, cette aimable terre d'élégance tempérée et de sai-

sons enchanteresses, terre féconde en grands hommes, où les géants comme Balzac, Descartes et Rabelais dominent tout un peuple d'artistes, de poètes et de savants, les Vigny, les Trousseau, les Velpeau, accueille comme sien le défenseur du Droit, et, connaissant qu'Emile Zola fut avant tout un citoyen du monde, apporte à sa mémoire un tribut légitime de guirlandes et de fleurs.

Quand les larmes sont essuyées, quand l'effarement du désastre qui s'éloigne permet une plus large vue, on sent alors combien la présence du Génie, efficace et réelle, survit aux périssables jours à quoi l'homme peut aspirer. C'est la permanence de l'Art et de la Vertu qu'honore, depuis deux mois, l'univers tout entier. C'est le rayonnement de la pensée éternelle qui confère à la tradition du Maître endormi un caractère historique déjà d'admiration paisible et de sérénité.

Ce fut la France elle-même, dans ce qu'elle a de meilleur, de plus libre et de plus intelligent, qui mena ces glorieuses funérailles ; ce fut le peuple, que Zola rendit à sa tradition, à cette volonté d'être honnête homme que Montesquieu se glorifiait d'avoir sentie un jour dans toute sa vigueur, et que le XVIIIe siècle a léguée aux héritiers de la Révolution Française comme le patrimoine le plus sûr et le plus beau.

L'œuvre entière de Zola n'est qu'un acheminement vers cette conclusion magnanime de sa vie. Il entasse les merveilles ; il dote d'un souffle épique les récits empruntés aux gestes de son temps. Acharné à produire, sans hâte ni défaillance, il érige cette pyramide cyclopéenne des *Rougon-Macquart* et des *Trois Villes*. Puis il ajoute pour couronnement à l'édifice le réquisitoire sacré, les phrases sybillines qui frapperont au cœur les lâches, les imposteurs et les bourreaux.

On ne saurait froidement parler de l'homme qui rendit à la France le crédit de l'Europe et la foi dans sa propre dignité, de l'ouvrier qui, sans peur et sans reproche, édifia, sur tant de mensonges, d'opprobres et de nuit, un temple à l'impérissable justice ; qui, avec le noble Scheurer et Picquart le héros, combattit pour la victime des haines militaires et de l'empoisonnement sacerdotal ; qui, dès la première heure, attesta l'innocence de Dreyfus, relégué au bagne par les faussaires en culotte garance et les bandits en jupon noir ; qui stigmatisa d'une honte ineffaçable le prêtre, le soudard et le juge, ces trois appuis de la société capitaliste en qui se résume toute la sournoise et lâche férocité des exploiteurs ; qui mit en marche la Vérité ; qui dans la sainte diatribe *J'accuse* souffleta les jésuites de la rue Saint-Dominique et ceux de la rue de Sèvres, mit à nu les hontes de Boisdeffre et du Père Dulac. L'homme est si grand dans Zola qu'il fait tort au poète. Quand on nomme avec un élan de vénération enthousiaste l'initiateur de la revision, le justicier de la crapule militaire, on craint d'être ébloui par ses bienfaits, et, quand on exalte sa gloire, de mettre la France au-dessus de l'art. Il n'en est rien. Ces deux puissances marchent en plein accord.

• •

Cette mission de Zola, cette fin inéluctable de son intelligence éprise avant tout de sincérité, apparaît sur son visage en traits manifestes et certains. Les portraits, à divers âges, depuis la belle toile de Manet, où le Maître, assis à sa table, cheveux noirs plaqués sur le front, relève d'un geste orgueilleux sa tête léonine, jusqu'à la puissante lithographie d'Henry de Groux qui montre Zola, mûri par la gloire, l'expérience et la douleur, suivant d'un regard attentif le spectacle de la vie; le tableau collectif de Fantin au Luxembourg, où Zola, près de Renoir et de Claude Monet, semble continuer la causerie éternelle du banquet d'Agathon, et les photographies populaires, quelle que soit leur date, font paraître les caractères essentiels de ce noble visage.

C'est un Latin à tête courte du littoral méditerranéen, le Ligure de Strabon équilibré, solide et fier. Sa race domine du Danube à la Loire, dans le Piémont et dans la Lombardie. Elle a donné son nom à votre fleuve, cette amène Liguris dont César avait goûté le charme et qui semble, pour nous haletants et surmenés, garder encore la fraîcheur vivifiante d'un jeune paradis. Les congénères de Zola, durs Piémontais, Romagnols vigoureux, Lombards indestructibles, assument dans tout l'Occident les plus rudes besognes, celles où le profit ne va pas sans quelque danger. L'âme héroïque de la grande Italie exalte leur courage, ennoblit d'ardeur l'humilité de leurs travaux, *assuetum malo Ligurem*. C'est la mère des hommes et des fruits, dont Emile Zola tira ses origines. Observateur exact, romancier abondant et soutenu, le front creusé de rides porte l'empreinte de la méditation. Ce n'est pas, comme les Goncourt, un artiste purement visuel et pittoresque. Son rôle dans la chose publique révélé peu à peu l'accroît et l'investit d'une force nouvelle, et du conteur illustre fait un grand citoyen.

Il s'est donné par réflexion des idées sur toutes choses inébranlablement. Aucun enfantillage, aucun esprit pour l'esprit, mais un grand fond de sérieux, une attention probe et volontaire, la rhétorique pour moyen, non pour but. La franchise absolue. Nul artifice, nulle feinte, nulle précaution oratoire. Nulle sou-

plesse italienne ; quelque chose au contraire de cassant
et de brusque ; puis un charme infini de bonté, de sincérité. Inventeur copieux, d'une abondance inépui-
sable, comme les maîtres lombards ou vénitiens, qui
peignaient des kilomètres carrés, le Guerchin, le Tin-
toret ou le Bassan. Par sa lettre *J'accuse*, il s'est naturalisé Français ; naturalisé en toute morale d'ailleurs,
car son art latin reste plus voyant et plus ferme que
l'art français, toujours un peu flou et volontairement
estompé.

Le port de tête audacieux, le regard direct font
connaître l'homme dont l'esprit solide ne put être agité
par les abois de la foule ou par les hurlements de la
tempête, et qui regarda mourir à ses pieds la vague
tumultueuse des peuples en courroux. Ce n'est à coup
sûr ni le Saint ni le Sage. C'est le Héros, dont les écrits
sont des actes, qui prend en main la cause du Droit et
de la Vérité sans souci des résultats, et qui, dédaigneux
de la force ou du nombre, fait reviser le bon plaisir
des dieux par la conscience de Caton.

L'aspect est simple, fruste, un peu gauche, volontairement quelconque. Par principe, Zola ressemblait à
tout le monde, exécrant le harnais romantique, les
mascarades, les pourpoints de Barbey et les voiles de
bayadère qui servent d'ornement à la chose Loti.

Par ce dédain, il fut en posture excellente pour
dégager le pittoresque de son temps, pour concevoir
comme idéal toujours le réalisable immédiat. Jamais
rétrospectif, il convient de noter que, même dans les
Evangiles, disposant du temps ou de l'espace, au point
de les oublier, son utopie est à la mesure du cadre
actuel. C'est pourquoi il va plus vite que l'évolution ;
elle, ajourne sans cesse ; lui, parcourt le chemin
déroulé, sans trêve ni fatigue. Son pas alerte suit la
course libératrice de la Révolution.

Ce fut, en effet, un maître révolutionnaire que Zola.
Le gazetier de la presse immonde qui qualifiait ses
obsèques — si calmes — de journée insurrectionnelle
ne croyait pas si bien dire.

Dans ses premiers essais, dans *Thérèse Raquin*,
dans *la Confession de Claude*, il découvre les tares
physiologiques, les hontes du mariage et de la famille,
en une société qui repose sur l'exploitation, le privi-
lège et l'abrutissement.

Dans le milieu béat de rampante bourgeoisie où ces
drames font paraître leurs lugubres aspects, l'âme du
gagne-petit, du bas commerçant, de l'électeur vulgaire
et respectueux des institutions, se développe, tel un
champignon vénéneux au suintement d'une latrine.
Les petits employés habituels des jeudis de Mme Raquin,
par exemple, sont pris sans doute sur le vif, au café

Guerbois, où Zola, qui habitait alors les Batignolles, fréquenta de 1860 à 1870 ; les Michaud, les Grivet ont l'insignifiance, l'égoïsme, l'intelligence atrophiée, l'âme impitoyable des honnêtes gens. Ce sont des employés modèles, des patriotes convaincus, des limaces anthropomorphes telles que les aimèrent Louis Philippe et Napoléon III, telles que, de nos jours, la troisième République en fait éclore par millions sur les couches de ses ministères et les fumiers de ses bureaux. Ils ne prennent plaisir qu'aux choses dégradantes. Ils s'intéressent aux courses, aux accidents de fiacres, aux incendies notables. Ils sont exacts, bavards, inutiles et cocus. Ils commentent la prose de Judet et votent pour Grébauval. Leurs ambitions n'escaladent pas les cimes. Ils rêvent, comme Camille, la mercerie ou le bureau ; et quand le sort met entre leurs bras une créature d'amour et de passion, ils la tourmentent de caresses et de médicaments. Leurs vertus mêmes ont un aspect nauséabond. Les meilleurs sentiments dégénèrent et se corrompent dans la putride conscience des êtres sans beauté. Leur tendresse pue le moisi comme leurs entresols. Mme Raquin empoisonne son fils de gâteries imbéciles. Car tout est vil, infructueux et répugnant chez le Bourgeois. Or, disait le grand Flaubert, il sied d'appeler Bourgeois quiconque pense bassement.

Quand, ayant dégagé sa formule et maître de son art, Zola substitue aux chimères saugrenues du roman romantique l'observation directe, l'enquête personnelle, il contribue efficacement à détruire le passé.

Le romantisme, en effet, dont les modernes symbolistes, préraphaélites, décadents et autre benêts, mieux nantis d'aplomb que de syntaxe, ont tenté de rénover, les entreprises, le romantisme, par ses origines mêmes, est essentiellement réactionnaire. Venu de Châteaubriand, le Breton barbare, emphatique et vaniteux, il emprunte des accents de désespérance à l'orgueil souffrant de René, mettant au-dessus de la raison je ne sais quelle vague tristesse, un ennui de vivre incompatible avec l'action. Outre ses enfantillages désuets ou le cabotinage nauséabond de ses attitudes, le romantisme, venu de l'église catholique, porte en lui un principe morbide, caché sous les festons du pittoresque et les guirlandes extravagantes d'un lyrisme suranné.

Antichrétien, Zola fut optimiste, ce qu'il faut être pour agir et commander ; car la vie est optimiste, comme l'esprit de conquête et de domination. Seule, une vue générale du monde peut s'accorder au pessimisme. C'est un jeu d'oisif, de désœuvré peuplant de chimères lugubres le néant de ses jours. L'esprit scientifique aime la vie. Il supprime la souffrance infligée à

l'homme par l'homme et réduit le mal physique au
trépas heureux, à l'euthanasie que demandait Renan
pour le ~âge au déclin de sa journée ; la mort, comme
la naissance, n'est qu'une forme transitoire de la vie
éternelle dans la perpétuité de son devenir.

A l'imagination Zola oppose le document, au miracle
le travail, à la recherche de l'effet la phrase carrée et
nette de Voltaire, au coup de théâtre le labeur pour-
suivi, la construction lente d'une œuvre ordonnée en
toutes ses parties suivant les lois d'une mathématique
imperturbable.

Son exacte observation lui révéla d'abord les souil-
lures, les bassesses et les crimes de ceux que Daumier
nommait les ventrus, et que Forain, quand il était honnête homme, traitait de satisfaits. Il a noté les compé-
titions intimes, les luttes sournoises, les passions
abjectes ou tenaces de la bourgeoisie à la conquête du
pouvoir. Il a noté la laideur étrange, la turpitude infinie
et la noire méchanceté de ces pieds-plats, la lésine, la
vanité, la goinfrerie et la sottise, tout ce culte du Moi,
que Barrès devait exalter plus tard au grand conten-
tement d'une génération d'arrivistes non moins ladres
que lui.

La société du Second Empire offrait à l'historien des
mœurs un champ d'observation grandement favorable
à l'étude qu'il se proposait. Cette aventure du Deux-
Décembre, cet empire hétéroclite fait de toutes les
réactions, de toutes les convoitises et de tous les
appétits,

Bon ménage touchant des vautours et des oies,

cette exhibition foraine des monstres que la religion,
la patrie et l'argent couvaient dans les antres de leur
obscurité, ce gouvernement de soudards et de bigotes,
d'archevêques et de catins, que le 16 Mai d'abord, puis
le Boulangisme, et présentement la horde nationaliste
rêvent d'instaurer sur nouveaux frais, était, comme on
le pourrait dire, un milieu de culture sans pareil pour
les larves et les insectes putrédinaires d'un monde à
son déclin.

Avec un sens très juste, Zola se contente d'enregis-
trer la monographie et l'histoire intime d'une seule
race. Les portraits de famille qu'il trace d'une main
ferme et d'un esprit clairvoyant sont la peinture d'une
société, de ses lois intérieures et des compliqués res-
sorts qui lui donnent le mouvement. En effet, sous la
pression des forces collectives, l'histoire se construit
par individu ; c'est la revanche du tableau de mœurs
sur les annales oratoires, de l'anecdote sur les fastes
solennels.

Plutarque en eut la notion quand, vers la fin de la Grèce, il comprit que ce développement de dieux fictifs et de peuplades anonymes se traduisait néanmoins par une série d'individus et de caractères. Avant lui, dans le déclin d'Athènes, quand toute loi politique s'abroge et disparaît, Théophraste compose les Caractères. Au soir de l'hellénisme, quand, de par l'avènement du Christ, l'humanité est remise à la raison des esclaves, Plutarque ordonne le souvenir des hommes illustres et lègue à la civilisation agonisante l'exemple de leurs vertus. C'est ainsi que les Rougon-Macquart, par une série de types individuels, donnent l'histoire la plus générale, symbolisant une époque de l'humanité.

Zola est un grand peintre de milieux. Ses personnages, types représentatifs de chaque manière de vivre imposée par le destin ou conquise par la culture, ne sont pas, comme ceux de Balzac, des personnes mues par des passions ; la conformité de leurs mœurs intimes à la loi sociale circonscrit ses héros. Pour cela, seul en France, il mérite le nom de poète épique. Son œuvre est une longue succession d'épopées : car l'épopée décrit un siècle et découvre aux yeux les rouages de son organisme. C'est une frise continue, amenant à la profondeur, non de statue, mais de relief, et déroulant en métopes les figures de la vie conventionnelle, avec le mouvement propre à leur date, les sciences, les arts, les préjugés qui précisent leur atmosphère et limitent leur décor. On a parlé d'Homère thérapeute, d'Homère géographe.

Naguère les mauvais plaisants nommaient les Rougon-Macquart une table d'hôte de phénomènes. C'est mieux : c'est un jardin zoologique, un muséum d'histoire naturelle, où les espèces, fortement classées, étudiées, numérotées, font connaître la société française du XIX° siècle, comme on connaît la société romaine ou byzantine par les *Notitia digestorum* ou le tableau de Constantin Porphyrogénète.

Et voici *la Fortune des Rougon*, glanée à travers les carnages et la complicité dans le coup d'Etat, la fortune ramassée avec fureur dans la crotte et dans le sang. Puis, *la Curée* et le cynisme du Second Empire, l'inceste dissolvant à jamais la famille bourgeoise. C'est encore *le Ventre de Paris*, où les repus, afin de n'être pas dérangés de leur bien-être, dans la peur frénétique de leur égoïsme, livrent au bagne leurs frères proscrits. C'est *la Conquête de Plassans*, l'envoûtement de la femme par le prêtre. C'est *la Faute de l'abbé Mouret*, la folie du célibat ecclésiastique, dont Lacordaire, ce cabotin médiocre, glorifiait les prêtres chastes, qu'il disait un objet d'envie et d'admiration pour les féticheurs voisins. C'est *Eugène Rougon*, la physiologie du gouvernement qui fait apparaître le cours des empires et la chute des Etats élaborés dans la garde-robe ou l'alcôve des puissants. Avec *l'Assommoir*, avec *la Terre* et *Germinal*, Zola découvre le monde obscur des prolétaires, des travailleurs de l'usine, des champs, de la fabrique ; il célèbre le paysan, le mineur et l'ouvrier.

Ses détracteurs l'accusent naturellement de calomnier le peuple, de pousser au noir les images redoutables de la misère, des mœurs que font aux exploités le régime et les lois capitalistes. L'alcool, instrument de règne et poison politique, sert au gouvernement contre les forces populaires. La carte des départements les plus contaminés d'ivrognerie est aussi la carte des pays les plus sinistrement réactionnaires : Lorraine, Bretagne et Normandie, provinces nationalistes, protectionnistes ou cléricales, sont en même temps le domaine de l'intempérance et de l'alcool. Tous ceux qui ont vu la terre sentent combien cela est au-dessous de la quotidienne vérité. Non moins féroce chez le pauvre serf, chez l'homme de la glèbe, que chez le possesseur des latifondia, c'est de la propriété même que viennent les hideurs et les crimes de ceux qui détournent, au profit d'une épargne fallacieuse, une part de l'héritage commun, du sol dont les fruits appartiennent à tous les hommes au même titre que la lumière, les airs, les eaux et le soleil.

Enfin, *la Débâcle*, iliade lugubre de la défaite, clôt par l'effondrement dans le désespoir ce bal masqué de dix-huit ans que fut le deuxième Empire. La mort sanglante emporte aux abîmes les histrions fourbus d'une trop longue mascarade ; elle finit par un coup de tonnerre l'orgie imbécile dont se délectèrent les familiers de Louis-Bonaparte et de Morny. X

*
* *

Quand il eut mis la dernière main à ses Rougon-Macquart et retracé le geste contemporain dans une longue fresque, Zola ne tarda point à se préoccuper des formes de la religion, cette pierre d'achoppement de tout bien et de tout progrès, caverne pleine de ténèbres et d'horreur où s'atrophient et dégénèrent les forces vivantes de l'humanité.

Les *Trois Villes* montrent de quelle façon le peuple, le clergé, les socialistes naïfs ou les anarchistes comprennent le catholicisme. *Lourdes*, superstition et médecine ; *Rome*, intrigues, bassesse, calomnie et poison ; l'ambition du prêtre, la politique transmise des Césars s'exerçant sur l'infiniment petit et crédule aux absurdités qu'elles propagent, car ces hommes croient eux-mêmes pour la plupart à leurs sornettes, à leurs orviétans, plus châtiés par cette déférence à leur propre bêtise que par les tourments les plus immiséricordieux; *Paris*, faillite de la charité chrétienne, la dynamite aussi impuissante que l'aumône pour le rachat des meurt-de-faim. Car le bistouri dans ce cas ne vaut pas mieux que les emplâtres; car il ne s'agit pas de soigner, de guérir l'antique organisme avec des procédés, plus ou moins brutaux de sentiment; car il s'agit de créer par la science un organisme neuf, capable de lutter et de vaincre les forces adverses de la nature ou de la société. Le degré de civilisation d'un peuple se mesure à la dose de christianisme qu'il élimine. Quand les Trois Villes seront détruites, qu'il ne restera plus rien de leurs temples maudits, de leurs églises ténébreuses, les temps seront proches d'un avenir plus doux.

Cependant que Zola édifiait, après les romans descriptifs, les trois romans critiques sur les villes religieuses, Mecques de l'Occident, un danger nouveau menaçait la royale cité de la justice et de la libre pensée. L'infâme antisémitisme enrôlait dans ses bandes tout ce que Paris et la Province recèlent de malvats, de gredins ou d'arsouilles, pour verser aux ignorants le venin des lâches convoitises et des haines insensées. Depuis 1886, quand parut *la France Juive*, le mal s'étendait, la gangrène attaquait le cœur même du peuple qui fit 93. Des libelles hideux propageaient les commérages sanguinaires, les caduques histoires de meurtre rituel et d'enlèvement d'enfants. Drumont servait à ses abonnés la vieille histoire de Tisza-Eszlaar et faisait semblant de croire à ces plates horreurs. Mais un bien autre levain animait les âmes basses contre la fortune d'Israël. C'est vers l'argent, vers l'argent sacré, bénin et désirable, que s'orientait la nouvelle croisade, où les boyaudiers de Morès, et Guérin le mouchard incendiaire, et les souteneurs et les récidivistes, fraternisaient avec l'Académie Française, le faubourg Saint-Germain et les maisons de rendez-vous.

Dans l'ombre, les Jésuites, les provocateurs et les espions, les hommes à tout faire de l'internationale noire, fomentaient les passions ineptes ou sordides, encourageaient de leurs deniers la hideuse entreprise de calomnie et de persécution. En France, à Paris, dans ce même Paris où vécut Diderot, où Michelet, Renan et Quinet firent entendre les paroles de science et de liberté, l'âme purulente du Moyen Age subsistait encore. Même l'on put croire que cette gageure insensée et criminelle : une persécution contre les Juifs, allait aboutir à la loi de sang qui, dans les jours funestes de la théocratie catholique, avait relégué hors du genre humain l'une de ses familles les plus hautes. Il ne s'agissait pas, en effet, de pressurer Israël, de recommencer les procédés en faveur chez les écharpes fleurdelysés qui rançonnaient Lopez ou Samuel Bernard, de tondre Shylock ou d'écorcher Barabbas, mais bien d'exclure les Juifs de la vie civile, de tous les droits qu'ils ont si péniblement acquis. Le mal croissait, aidé par l'envie et la sottise, quand l'Affaire éclata et vint mettre un terme à cette guerre de religion que le clergé concordataire, serviteur des congrégations romaines, préparait avec amour.

« Nous nous levons alors... », comme disait Corneille : indifférents, sceptiques, artistes jusque-là dédaigneux de la chose publique, pour revendiquer les droits de l'homme, pour montrer à Israël persécuté dans l'un de ses enfants, qu'il n'est race ni patrie aux heures de détresse, et que tous les hommes portent le même cœur lorsqu'il faut châtier l'injustice, vaincre la calomnie et résister à l'homicide. En 89, le peuple s'insurgeait contre une aristocratie ; à présent, c'est une élite qui se dresse et barre le chemin à la populace. C'est le duel de la noblesse intellectuelle avec la majorité compacte, la protestation de l'idée contre le déchaînement des malfaiteurs et des bestiaux. Zola donna l'exemple et nous enseigna le chemin. C'était alors le plus grand, ou, pour dire mieux, le seul poète de la France. Mais ses comportements héroïques, ses pamphlets immortels firent de lui mieux qu'un grand artiste : un grand citoyen, un conducteur de peuple, un apôtre de la Raison, un héros de la Bonté. C'est dans les *Vies* de Plutarque, « parmi les saints des honnêtes gens », comme dit Chamfort, qu'on lui trouverait des pairs. Les boueux du nationalisme, les stercoraires de l'Autel, ceux qui viennent de Lacenaire, ceux que forma le Grand Collecteur ou que les Jésuites ont dressés, apportèrent au Maître l'hommage de leurs vociférations. Le porc, l'orfraie et le hibou se répandirent en grognements, prodiguèrent les huées. Cet honneur, Zola en était digne, puisque devant les gredins, les sycophantes et les marlous de l'antisémitisme, devant les retraités de la Patrie Française et les conspirateurs autrement redoutables du clergé, il porta devant tous le nom de Justice, et, par le fait de son irréductible énergie, obtint la plus noble victoire, couronna son front d'un sublime laurier. La date de *J'accuse* a, dans l'histoire de l'humanité, une importance bien autre que celle de Marengo ou d'Austerlitz.

Tout Voltaire aboutit à Calas, tout Zola monte à Dreyfus. Les protestants sous l'antique monarchie étaient l'honneur de la France, comme les Juifs à présent sont la richesse et l'activité du monde. La royauté luxurieuse, infâme et dévote, supplicia les huguenots.

Les charlatans de l'antisémitisme sonnent à présent le pourchas d'Israël. Mais Voltaire se dresse et Zola rend témoignage; par eux, les martyrs échappent à la géhenne, triomphalement. Leurs bourreaux marqués au fer brûlant d'une éloquence qui ne pardonne pas s'assoient au pilori dans l'enfer où la muse enchaîne pour jamais les malfaiteurs publics. Drumont ne s'évadera point, ni Cavaignac ni les autres, de ce bagne inéluctable. Leur nom y croupira dans la boue, tant qu'un peuple civilisé habitera la face de la terre. Qu'ils y demeurent, et flétris pour toujours : nul forçat ne changerait à présent sa casaque infamante contre les feuilles de chêne et les étoiles du général Mercier.

Les entrailles du monde palpitèrent lorsque sonna la fanfare de délivrance et que, sans doute éclairé d'un rayon prophétique, Zola écrivit son message aux étudiants et la lettre au président, plus belle encore, s'il se peut, que ces pages surhumaines; l'univers écouta lorsqu'aux audiences de Versailles l'écrivain mit en balance avec l'honneur de Dreyfus sa propre gloire, offrant son nom illustre en gage et le donnant pour caution à l'innocence du martyr. Les imbéciles ricanèrent, les insulteurs de l'état-major, les bedeaux et les alphonses firent le simulacre de s'égayer, comme si l'orgueil du génie n'était pas le plus auguste des spectacles! Mais le monde civilisé fut attentif, et de ce jour réintégra le pays de Voltaire dans son estime reconquise par Zola. Car Émile Zola ne fut pas seulement un justicier exempt de blâme, « un moment de la conscience humaine », ainsi que le disait Anatole France. Il fut avant tout, par-dessus tout, le grand Français, la voix de la patrie elle-même parlant aux nations, du haut de son intelligence et de sa probité.

Ainsi, Zola, de travaux en travaux, prend conscience de son propre génie. Il marche à la vérité, à la réhabilitation du capitaine Dreyfus, qui clôt par un acte sublime quarante ans de labeur et de courageux efforts.

A chaque étape l'horizon s'élargit; la vision nette des effets et des causes ouvre ce noble esprit à une connaissance plus vaste des lois qui régissent les peuples et les individus, jusqu'au temps que l'Affaire l'illumine tout entier, révèle au Maître sa vocation suprême. Alors il cite à sa barre, il fait comparaître devant son prétoire les puissances du passé : l'Armée et la Religion et le Code. Il les confronte avec les données de la science, il réduit à néant leur pouvoir séculaire. La raison l'emporte sur la force brute. L'armée est par terre, gisante sous le poids de son crime et de ses trahisons. Toute défense du principe militaire n'est plus désormais qu'une apologie. L'officier menteur, lâche et tortueux, apparaît enfin dans sa laideur banale, non plus tel que les anciens porteurs de glaives dont l'épée abattait, en plein soleil, une moisson humaine ; mais prévaricateur et furtif, rond-de-cuir de l'espionnage, faussaire nocturne, idiot et chamarré.

Le respect du sabre se dédore, son prestige s'évanouit. Mais les fruits de la victoire ne sont pas tous récoltés ; nous attendons encore les meilleurs. Cette justice que Dreyfus obtint grâce à Zola, grâce à vous tous qui, remémorant les luttes passées, venez protester ce soir de votre dévouement à la Révolution en marche, cette justice, nous prétendons la conquérir, non seulement pour les gradés et pour les bourgeois, mais pour les petits, pour les faibles, pour les déshérités ; pour les prolétaires de la caserne, pour les serfs du régiment qui, désarmés, n'ayant ni richesse ni crédit, portent, comme le captif de l'île du Diable et plus que lui peut-être, ce fardeau exécré de l'obéissance militaire.

C'est pour eux que l'affaire Dreyfus continue ; c'est pour eux qu'elle recommencera toujours. Aussi longtemps que les bagnes de l'Afrique et les casernes de l'Europe asserviront les jeunes hommes au dégradant métier des armes ; tant que l'apprentissage de la boucherie et de l'assassinat sera imposé comme un devoir aux enfants du peuple, que les institutions publiques leur feront une vertu de massacrer des noirs ou de fusiller des mineurs ; tant que les poucettes, la cra audine, les coups de cravache, les injures bestiales des sous-offs pèseront sur celui qui sème, qui laboure et qui construit, l'affaire Dreyfus sera pendante au rôle de l'Histoire. Et ce ne sont pas les palliatifs, les enquêtes, les circulaires ministérielles, toute cette paperasserie inutile et dérisoire, ni la sollicitude grimacée afin d'endormir l'attention, d'endiguer les saintes révoltes de la pitié, qui suspendront le tonnerre imminent sur les coupables, ce tonnerre dont les menaces grondent chaque jour plus redoutables à l'horizon de l'avenir.

Non, l'affaire Dreyfus n'est pas finie ! Il convient que les prudents ne l'ignorent point et que les madrés s'y résignent. La victime de la scélératesse militaire accompagnait le char funèbre de son libérateur. Mais les revendications que fit naître son martyre, nous les pousserons jusqu'au bout de leur logique et du droit que nous avons promulgué. Les conseils de guerre, les geôles militaires ne survivront pas à ce temps où nous sommes, temps sublime et généreux en vérité, où la justice l'emporte enfin sur la loi, où les hontes de la caduque et bourgeoise Thémis décroissent tous les jours, où les glaces de l'égoïsme fondent sous une haleine de miséricorde et de douceur, où la jurisprudence de Château-Thier est parallèle aux convulsions de l'Affaire, où Zol dans son apothéose répond aux arrêts tutélaires du président Magnaud.

Parvenu à ce sommet, il est temps de considérer Zola, non plus comme poète, mais comme législateur. Aux figures concrètes de ses premiers romans, au naturalisme païen qui mêle aux paysages de la France l'âme antique de Lucrèce ou d'Hésiode, succèdent les tomes apocalyptiques, les *novissima verba* du guerrier revenu de la bataille et grandi par les combats à la dignité d'arbitre et de pontife, qui statue en dernier ressort et préside aux conseils du peuple, qui, sous sa tutelle magnanime, unit d'un geste de gloire la justice et la paix : *Justitia et pax osculatæ sunt.*

La plupart des chefs de la pensée humaine ont eu, vers la fin de leur existence, une phase évangélique, où, du haut de leur gloire, ils promulguent le dogme de raison et de liberté. Ainsi Voltaire donne le traité de la Tolérance et les lettres pour Calas ; Diderot, l'institution pour la grande Catherine ; Tolstoï, ses mandements aux Doukhobors, ses traités d'antipatriotisme et d'anarchie.

Tout poète porte en lui un sentiment personnel de la vie qui détermine sa conception politique et lui permet de formuler son Nouveau Testament. Zola établit la foi des temps nouveaux sur les quatre pierres fondamentales : *Fécondité, Travail, Vérité, Justice.* Les quatre Froment sont les figurations de ce code religieux. Macrobites comme des patriarches, ils travaillent comme Hercule, planent sur leur œuvre comme Zeus ou Jéhovah et s'y complaisent, puis se résorbent comme Çakya-Mouni dans l'Être indéterminé.

Fécondité, c'est une institution de la famille reposant exclusivement sur l'amour et le divin désir qui propage l'humanité, disperse aux quatre vents des semailles humaines, comme jadis Cadmos ensemença les champs thébains avec les ossements du Dragon terrassé.

Travail propose comme résultat du communisme l'abolition des privilèges, du commerce et du salariat, les bienfaits de l'association, le partage à tous des forces productrices, de l'hygiène et de l'enseignement. Quand on vit pour la première fois, dans Cabet, le communisme de consommation et de production, les docteurs patentés crièrent à l'impossible : or, ce n'est autre chose que les grands magasins. Zola résume et réunit dans les divers fonctionnements de l'idéale cité les organismes inventés un à un par les Icariens, par

Robin de Cempuis. *Travail* est donc le code lumineux des possibles actuels, un concept dont la réalisation se peut éprouver sur le-champ.

Mais Zola nous apparaît ici comme un apôtre, comme saint Luc survivant aux persécutions pour prendre place entre les Pères de Nicée et protester contre eux. En effet, le socialisme, vaste jadis comme la porte *Santa Maria in Toscanella* dans le champ romain, on est venu à l'ère des conciles, à la réduction adroite de la pensée originelle. On en est à formuler un *Credo*, et je ne pense pas qu'il soit besoin de nommer ici le nouvel Athanase qui du parti révolutionnaire fit une machine de gouvernement, et, grâce à la fastueuse rhétorique de ses harangues, instruisit Némésis à souffler dans un cor bouché.

La Mort, comme dans *la Danse* d'Holbein, a pris l'Évangéliste avant qu'il ait pu couronner son labeur gigantesque. L'œuvre interrompue atteste sa volonté souveraine et les lâches traîtrises du hasard. Nulle gloire n'a manqué à ses obsèques. Pendant la semaine funéraire, les journaux de l'Armée et de la Sacristie ont déversé sur le cadavre leurs immondices et leur bave. Rochefort invitait ses lecteurs à jeter le cercueil de Zola dans la fosse innomable. Le mulâtre Cassagnac, grand écrivain comme chacun sait, déclare que la perte de Zola n'importe guère aux Lettres françaises. M. de Marcère, du haut de sa cravate doctrinaire, affirme que Zola n'écrivit jamais que pour « la plèbe intellectuelle, pour cette tourbe méprisable et insipide des demi-lettrés et des déclamateurs mal instruits »; cependant que Maurice Spronck l'accuse, avec le sérieux d'un âne qu'on étrille, de ne pas savoir penser, et que Charles Maurras, le troubadour punais du faux patriotique, atteste qu'il fut plus bête que méchant.

Ainsi les ruffians et les cuistres, les paillasses et les bedeaux, les chiffonniers et les muscadins vitupèrent la cendre du Juste, insultent aux restes de Philopœmen.

Le Nil a vu sur ses rivages...

Et c'est une cacophonie atroce ou ridicule, un concert de miaulements, d'abois et de sifflets. Les chats du Sérapéum, les cynocéphales des papyrus, les crocodiles noyés de pleurs, congrégés en ligues, réunis en saints-synodes, en conseils de guerre, en chambres criminelles, assiègent la tour où médite Osiris à son déclin, Osiris, l'éternel bienfaiteur dont les banquets s'étendent à la mesure de la terre. Mais, le voyant réapparaître sous la forme du soleil, ils rentrent bientôt dans leur hypogée, à l'heure où le dieu ressuscite, prescrivent aux hommes la loi du travail et de l'amour.

Travaillons !

C'est le mot d'ordre que, mourant chez les barbares, et pressentant déjà les hontes de ses héritiers, Marc-Aurèle, étendu sur sa couche funèbre, donnait aux légions romaines debout encore et luttant aux rives du Danube contre la barbarie et l'invasion.

Devant la tombe de Zola brusquement emporté par la mort insidieuse et cruelle, Abel Hermant et Stuart Merrill rénovaient l'un et l'autre cette exhortation irréprochable du dernier Empereur. L'atelier du sublime artisan est pour toujours fermé. Cependant la tâche où s'exerça longuement son fier courage demeure inachevée et sollicite nos efforts. Travaillons ! Partout, dans les peuples civilisés, l'ouvrier se confond avec le demidieu. Ce n'est pas la Hauteclaire, l'épée imbécile et farouche du soldat, le glaive meurtrier de la chevalerie, qui fonde la cité de lumière et de bonheur. C'est le marteau du forgeron, la hache du trappeur et le soc du paysan : armes secourables d'Hercule ou du forgeron de la Vesta, qui, dans les champs assainis et la plaine fécondée, assurent aux enfants des hommes des abris pacifiques et des récoltes nourricières.

Sur les étables d'Augias et les cloaques d'immondices, le bon ouvrier se dresse qui, dans les marécages de l'iniquité, fait ruisseler une source vive, les fontaines réparatrices de l'Amour et de la Vérité. La déesse prodigue sous ses pas les moissons et les fleurs. Mais que d'obstacles s'opposent encore à sa marche libératrice ! Des murs de lourd basalte, des ornières et des fanges hasardeuses, des labyrinthes équivoques de ténèbres et de pièges menacent d'arrêter son élan, d'égarer son effort à jamais inutile. Aux embûches de la forêt succède le mirage du désert ; partout le précipice et l'escarpement. A nous de jalonner cette route sacrée, et le percer le roc, et d'assainir le marécage, d'empierrer a voie éternelle où marcheront nos fils, plus libres et meilleurs que nous.

Travaillons ! Instruits et confortés par la doctrine, par l'exemple de Zola. D'un cœur toujours égal, accomplissant tour à tour son œuvre d'artiste et sa besogne de précurseur, il a conquis un renom indéfectible. Avec la certitude, avec le généreux entêtement de la conscience, il a vaincu le mensonge, l'erreur et la bêtise coalisés. Tous ceux qui lutteront de même ne connaîtront pas sans doute la joie égoïste du triomphe et ne verront pas leur nom resplendir sur les foules prosternées. Mais ils auront une part dans l'œuvre collective, dans l'Icarie éternelle de la lumière et de la vérité, où les cathédrales sans jour, les prisons, les

hôpitaux et les casernes, les habi   d   ches et
les palais des exploiteurs feront placé à   demeure
d'harmonie où Zola fit asseoir les amants couronnés
de sa laborieuse utopie.

Travaillons ! Et que l'espoir nous anime d'avoir
collaboré, même pour une part inconnue, à cette archi-
tecture bienfaisante de l'avenir, d'avoir, même sans y
laisser d'empreinte, posé une pierre de l'édifice universel où la religion du droit et de la science unira le
genre humain libre de son antique erreur, exempt pour
toujours de ses maîtres et de ses dieux !

Laurent TAILHADE.

Tours, *30 novembre 1902.*

TOURS.— IMPRIMERIE DU PROGRÈS (O. S.).

www.ingramcontent.com/pod-product-compliance
Lightning Source LLC
Chambersburg PA
CBHW061523170626
46811CB00004B/1820